Beat Rink
Ohne Himmel sind wir unbedacht

www.fontis-verlag.com

Beat Rink

Ohne Himmel sind wir unbedacht

APHORISMEN

fontis

Meinen Kindern

Nur weil die Welt
gottvergessen ist,
muss der Himmel nicht
menschenvergessen sein.

Wäre der Himmel ein riesiger Spiegel:
beschämt würden wir unsere Zäune
niederreißen.
Blicken wir deshalb so wenig
zu Gott auf?

Ohne Himmel
sind wir unbedacht.

Gottes Thron:
der Fußschemel der Welt.

Wir wollen einen
abstrakten Gott,
weil wir konkrete Götzen
haben.

Vor Gott erzittert das Universum,
aber selten ein menschliches Herz.

•

Das All:
zu klein, unseren
Unglauben zu verschlingen.

•

Der sich im All
verirrende Zweifel.

Wir vertrauen Gott.
Dass er uns
in Ruhe lässt.

An das Relative glauben.
Mit absoluter Gewissheit.

«Ich glaube an nichts,
so glauben Sie mir doch!»

Ein Glaubensheld:
Welch großen Glauben er hat!
Er glaubt,
ohne Gott auskommen zu können.
Er glaubt,
der Gedanke an einen Schöpfer sei veraltet.
Er glaubt,
keines seiner Gebete sei je erhört worden.
Er glaubt,
keinem für die Bewahrungen und Freuden
seines Lebens danken zu müssen.
Sein Glaube
ist wahrlich groß. Und noch größer:
Er glaubt, er glaube
an nichts.

Ohne Zweifel glauben,
man glaube ohne Zweifel.
Ohne Glauben zweifeln,
man zweifle ohne Glauben.
Am Glauben zweifeln.
An den Zweifel glauben.
Am Zweifel zweifeln.
An den Glauben glauben.
Warum denn an Gott?

Unser Wissen-Wollen von Gott
ist beschränkt.

Darf Gott
wenigstens unser
Wissenslückenbüßer sein?

Fraglosigkeit
wirft Gott vor,
keine Antwort
zu geben.

•

In der Frage
«Gott, wo bist du?»
den Nachhall von
«Adam, wo bist du?»
hören.

Weil der
Mensch
Gott
wurde,
wurde
Gott
Mensch.

Gewöhnliche Götter
kommen zur Erde,
um sich anhimmeln zu lassen.

Gott
ist Outsider geworden.
Andere Götter
geben sich mit Insidern ab.

Machthaber herrschen
aus der Enge
heraus über das Weite.
Gott dient aus der Weite heraus
in der Enge.

Ein Gott,
der sich inkarniert,
lässt sich nicht
einverleiben.

Sich die Inkarnation
einverleiben.

Gott macht sich klein.
Sollten wir ihm schon deshalb
auf Knien begegnen?

Einer, der sagt:
«In deiner Haut möchte ich stecken!»
Er sagt es jedem.

Das Wort,
das Fleisch wurde,
macht uns der Rede wert.

Gott geht nicht mit der Zeit,
aber mit uns.
Also mit unserer Zeit.

Gott –
unser Anhaltspunkt.

Göttliche Gnade:
Belohnung für eine Leistung,
die erbringt, der mich beschenkt.

Gnade:
seine Werke abstreifen
können.

Unfassbare Gnade:
Schwer, ein Geschenk anzunehmen,
ohne es selber erobert zu haben.

Ich vermute:
Gottes Liebe wächst
mit jedem Menschen,
der zur Welt kommt.

Gottes Liebe ist so brennend,
dass sie sich abkühlt,
um uns nicht zu versengen.

Wäre Gott gleichgültig,
würden wir ihm zürnen.
Ist er zornig,
zürnen wir ihm auch.

Vielleicht sind wir nicht unbußfertig,
sondern nur bußunfertig.

Auch Schuld lebt von der Vergebung:
die sie sich selber zuspricht.

Wie schuldhaft er seine Unschuld
zur Schau trägt!

Als wohne jeder Schuld
ein seltsamer Immunstoff
gegen ihre Erkennbarkeit inne.

Prinzipienreiter,
auf nach Damaskus!

Unser Stolz
müsste allein schon an der Tatsache
zerbrechen,
dass wir ihn nicht selber
brechen können.

Überall,
wo wir ohne Gott auskommen wollen,
herrscht Stolz.

Der Hofnarr unterwandert
den stolzen Hof.
Der Narr Gottes unterwandert
das stolze Ich.

*

Der Narr Gottes:
«Bisweilen hält ER mich zum Gelehrten.»

Gott umgebe uns
von allen Seiten.
Auch von der
schlechtesten!

Der Christ ist nicht
im Besitz der Wahrheit.
Sie nähert sich ihm
persönlich.

Der Gottsucher:
erfolglos, solange er nicht zugibt,
dass er sich vor ihm
versteckt.

Der erschrockene Gottsucher:
«Er hat mich gefunden!»

Übung
gegen den Zweifel:
Lerne zu glauben,
was du weißt.

Er ist durch den Glauben
von der Verzweiflung
zum Zweifel
hindurchgedrungen.

Was heißt Umkehr
für jemanden,
der nur um sich selber
kreist?

Sein Glaube begann
mit der Einsicht,
dass man vor Gott klagen darf.

Er war mit
allen Wassern gewaschen.
Deshalb ließ er sich
taufen.

Er ist vom Regen
in die Taufe gekommen.

Mit dem Glauben
fängt das Fragen erst an:
«Was willst du, Gott?»

Für den Glauben hat
alles etwas mit Gott
und Gott etwas mit allem
zu tun.

Seit er nur noch nach Gott fragt,
interessiert er sich brennend
für die Welt.

weltfremd:
Reich-Gottes-fremd.
Reich-Gottes-fremd:
weltfremd.

Vor Gott Kind werden:
erwachsen in der Welt.
Vor Gott erwachsen werden:
ein Kind der Welt.

Gott will keine halben Heiligen,
die auf dem Weg zur unheiligen Welt
und damit zu sich selbst
auf halber Strecke stehenbleiben.

•

Heilige wollen keine Vergötterung,
denn Vergöttertes schert sich
nicht um Heiligkeit.

Du bist Gottes Ebenbild.
Also nicht
abgeschrieben.

Gottes Ebenbilder,
die leben, als seien sie
Gottes Skizzen.

Schwierig,
Gottes Wesen
anzunehmen,
ohne seinen Platz
einzunehmen.

Manche erlauben sich,
was Gott ihnen verbietet,
weil andere sich verbieten,
was Gott ihnen erlaubt.
Und umgekehrt.

Er will seinen Gott,
nur nicht seinen Glauben
wechseln.

Wo
fromme Natürlichkeit
und natürliche Frömmigkeit fehlt,
herrscht das Gesetz:
ein frommes oder das Naturgesetz.

Der religiöse Fanatiker vergisst,
dass Gott die Natur schuf.
Sonst wollte er das Übernatürliche
nicht durch das Widernatürliche erzwingen.

Diese penetrante Transparenz
religiöser Geister!

ER sprach eindringlich.
Warum sind wir dann aufdringlich?

Die Gabe
des Zungenschweigens
einüben.

Auch auf
dem schmalen Weg
kann man großspurig gehen.

Was sich als Glaubenstiefe ausgibt,
kann auch die Tiefe
der Tasche sein,
in die man Gott
hinein-
steckt.

Was ist Eifersucht unter Christen anderes,
als der Unglaube daran,
dass in Christus jeder alles hat?

Christen sollten es
ernst meinen
mit der Fröhlichkeit.

Nachfolge:
Warum sich nicht öfters
nach jenen umdrehen,
die mit dem guten Beispiel
hinterhergehen?

Nimm das leichte Joch,
aber nimm es nicht
auf die leichte Schulter.

Hat Jesus gesagt:
«Ihr seid der Zuckerguss der Welt»?

Dringlicher Appell der Christen an die Welt:
«Messt die Botschaft
nicht länger an den Botschaftern,
sondern die Botschafter
an der Botschaft!»

Elftes Gebot:
Du sollst dir kein elftes Gebot machen!

Glauben,
was man kennt,
heißt noch nicht kennen,
was man glaubt.

Liebe deinen Nächsten
mehr, als er sich selbst liebt!

*

Liebe deinen Nächsten,
auch wenn er nur sich selbst liebt,
wie dich selbst.

*

Auch dies eine Märtyrerin:
Sie lässt sich verbrennen
von der Liebe.

Mit einem Schrecken kommt man davon.
Mit der Gottesfurcht nicht.

Den Ängstlichen macht erst
Gottesfurcht mutig.

Angst führt zu Mutproben,
Gottesfurcht zu Demutsproben.

Berufen,
den Ruf zu verlieren.

*

Du fühlst dich nicht berufen?
Sich beflüstert fühlen
muss bisweilen genügen.

*

Gibt Er dir etwas ein,
gibt Er dir etwas auf.

Wo Gott begrenzt,
will er in die Weite führen.

Wenn Gott uns etwas
zumutet, sind schnell
ein paar Schuldige gefunden.

Mit unerhörten Gebeten
kann man leben,
weil es keine ungehörten Gebete sind.

Gott hört nicht auf
zu versprechen,
was er hält.

Zuspruch und Zusage
fallen in Gott zusammen.

Jesus hat schon manche
Räuberhöhle
zum Bethaus gemacht.

Eine Kirche, die nie
nach Stall riechen will,
verleugnet ihre Herkunft.

Brennt kein Licht in der Kirche,
sind auch die schönsten Fenster
von außen her grau.

Die Braut Christi
– selbstverliebt?

*

Das Steuer der Kirche:
Die Kirchensteuer?

*

Pendelausschlag der Kirche:
Wie billig sie uns zuweilen
auf das Diesseits vertröstet!

Den Seinen gibt's der Herr im Schlaf.
Ja!
Aber doch nicht im Tiefschlaf!

Kirchenbank-Spruch:
Sorgsam gebe ich acht,
dass niemand zu sehr erwacht.

Wenn wir hingegen
Glauben aufbringen wollten,
groß wie ein Berg,
nur um ein paar Senfkörner zu bewegen:
Ich fürchte:
Wenig würde geschehen,
eigentlich nichts!

Eine vorbildliche Gemeinde:
Sie setzt alles daran,
dass ihr gute Konkurrenz erwächst.

Ich kenne manche Theologen,
die von ihrer Nüchternheit
vorschwärmen.

Seine Theologie
kreist um das Unsichtbare.
Kein Wunder: Seine Kirche ist
leer.

Das Kreuz der Theologie:
die Auferstehung.

Eine gute Theologin:
Sie kann einen Irrtum stehen lassen
und die Lücke mit Liebe füllen.

Ein guter Prediger:
Er lässt Bibelsprüche wieder
zu Bibelworten werden.

Rückschritt:
bibelversiert
bibelverziert

Sein Wort
versteht sich nicht selbstredend.
Immer spricht es uns an.

Himmelsschätze,
durch Tiefenbohrungen
gewonnen.

Erst wenn wir das
Selbstverständliche
wieder als Wunder erleben,
werden uns Wunder
wieder selbstverständlich.

Eine Gesellschaft,
die keine Geheimnisse mehr kennt,
wird okkult.

Ist der Heilige Geist
Wasser,
lässt er sich nicht verwässern.
Ist er Feuer,
lässt er sich nicht verheizen.

Nur der Heilige Geist gibt Raum,
indem er ihn einnimmt.

Sie sagt:
«Ich lebe nicht im Diesseits,
sondern im Jenseits des Jenseits.
Das macht den ganzen Unterschied!»

Heute fühlte ich mich
vom Himmel ausgelächelt –
welche Wonne!

Wer um die Ewigkeit weiß,
muss nicht immer
mit der Zeit gehen.

Was auferstehen will
ohne den Auferstandenen,
reißt anderes in den Tod hinein.

Nachruf:
Vorwort

Zeitlebens hat er dem Ewigen geflucht.
Wie soll er nun das Zeitliche segnen?

Auch die totgeschlagene Zeit
wird ihre Auferstehung feiern.

Die Ewigkeit bedenken
kann man nur in Augenblicken.

In der Ewigkeit werden wir
viele Augenblicke erleben.

Fruchtbare Gedanken:
Es wachsen Gebete daraus.

Den aufrechten Gang
auf Knien lernen.

Wir Analphabeter.

•

Frage an einen enttäuschten Beter:
Warum wird Gott so selten erhört?

•

Sind wir so schlechte Beter,
weil wir so gut reden können?

•

Gefaltete Hände:
Kapitulation des Tatmenschen.

Die Kraft zum Beten
empfängt man im Gebet.

In beliebigen Zeiten
allen Mut zusammennehmen
und «Amen» sagen: So sei es.

Lob, das aus einem schweren Herzen kommt,
muss auch vor Gott
besonderes Gewicht haben.

Gotteslob, juristisch:
alles dem rechtmäßigen Besitzer
zurückgeben.

Ein Engel zum anderen:
«Wie langweilig muss es den Menschen sein,
wenn sie nicht immerdar Gott loben!»

Wie sollen wir Gott loben,
wenn uns manches widersprüchlich scheint?
Dann lasst uns wenigstens
eine Paradoxologie anstimmen!

Kaum zu glauben,
nur anzubeten.

Nachwort von Markus Spieker

Es gibt einen weit verbreiteten Trugschluss: nämlich den, dass tiefe Einsichten schwer verdaulich sind.

Glaubt man dem spätmittelalterlichen Philosophen Nikolaus von Kues, ist das Gegenteil der Fall. Er definierte Weisheit als «Wissen, das schmeckt». Der Volksmund verrät uns wiederum das Geheimnis der intellektuellen Gaumenfreude: «In der Kürze liegt die Würze.»

Deshalb kann man Aphorismen auch beschreiben als «kluge Leckerbissen». Ursprünglich kommt das Wort «Aphorismus» aus dem Altgriechischen und bedeutet so viel wie «genaue Bestimmung». Es handelt sich um sprachliche Punktlandungen, also den größtmöglichen Kontrast zu weitschweifigen Allgemeinplätzen, von denen es heutzutage in vermeintlich anspruchsvollen Reden und Texten wimmelt.

Die vorliegende Aphorismen-Sammlung von Beat Rink ist ein opulentes Buffet. Wenn es einen Michelin-Guide für Bonmots gebe, würde der Schweizer Pfarrer/Schriftsteller/Musik-und-Kunst-Kenner sich drei Sterne verdienen.

Ich selbst war schon beim Titel hin und weg: «Ohne Himmel sind wir unbedacht.» In fünf Wörtern fasst Beat Rink die spirituelle Malaise unserer Tage zusammen: einen öden Materialismus, der nicht gegen die Unwetter des Lebens und den Blitzeinschlag des Todes imprägniert. Später im Buch wird die passende Antwort in acht Wörtern nachgeliefert: «Er ist vom Regen in die Taufe gekommen.»

Jedes Wort, jeder Satz ein Treffer: Das ging mir auch durch den Kopf bei herrlichen Sprachschöpfungen wie «Analphabeter» – für Menschen, die das Reden mit Gott verlernt haben. Oder die wunderbare Umschreibung der virulenten anti-religiösen Nöligkeit: «Fraglosigkeit wirft Gott vor, keine Antwort zu geben.»

Mit seinen Aphorismen steht Beat Rink in einer langen Tradition begnadeter Satz-Drechsler: Montaigne, Schopenhauer, Nietzsche, Novalis, Goethe, Kafka – nicht zu vergessen, mein Lieblingsaphoristiker Blaise Pascal. Der brillante Franzose entschuldigte sich bei seiner Schwester einmal für seine ausführliche Korrespondenz mit der Begründung: «Ich schreibe Dir einen langen Brief, weil ich keine Zeit habe, einen kurzen zu schreiben.» Wie hinter einem 100-Meter-Weltrekord jahrelanges Training steckt, so verbirgt sich hinter jedem Aphorismus von Beat Rink viel Arbeit und ein ganzes Leben aus Erfahrungen und Reflexionen, genau wie die wichtigste Quelle seiner Inspiration: die Bibel, nicht zuletzt die Aphorismen-Sammlung im Buch der Sprüche und die Geistesblitze des Wort-Champions par excellence: Jesus Christus. «Alter Wein in neuen Schläuchen», «Kamele durchs Nadelöhr», «Licht unterm Scheffel», «Salz der Erde» … lauter Formulierungen für die Ewigkeit.

Genau dahin, ins Unendliche, zielt auch das vorliegende Buch. Statt weltkluge Nabelschau zu betreiben, schlägt Beat Rink lauter schmale, aber tragfähige Brücken in die Transzendenz.

Ich freue mich schon aufs nochmalige Durchlesen und Durchdenken.

Denn anders als bei gewöhnlicher Kulinarik gilt für geistige Delikatessen: Man kann sie beliebig oft konsumieren und sogar weitergeben.

Mein Ratschlag an alle Leserinnen und Leser lautet deshalb: zurück auf Seite 1! Und guten Appetit.

***Markus Spieker** (*1970) ist Bestseller-Autor (zuletzt: «Jäger des verlorenen Verstandes. Eine Weisheitsschule»), Journalist und Historiker. Bis 2018 leitete er das ARD-Studio in Neu-Delhi und war als Korrespondent für Südasien zuständig. Heute arbeitet er als Chefreporter für den MDR.*

Über den Autor

Beat Rink wurde 1957 in Basel geboren. Er ist Gründer und Leiter von «Crescendo», einem weltweiten Künstler- und Musiker-Netzwerk. Er studierte Geschichte, Germanistik und Theologie an der Universität Basel und ist Künstlerseelsorger der ev.-ref. Kirche Basel-Stadt. Er beschäftigt sich u. a. wissenschaftlich mit dem Themenbereich «Theologie, Kirche und Kunst». Bekannt ist er auch für seine Aphorismen, die ihn im deutschsprachigen Raum etablierten. Seine Texte sind in renommierten Literaturzeitschriften und Sammelbänden erschienen sowie in der eigenständigen Sammlung «Verleisbarungen».

MIX
Papier | Fördert gute Waldnutzung
FSC® C014138

Bibliografische Information der Deutschen Nationalbibliothek

Die Deutsche Nationalbibliothek verzeichnet diese Publikation in der Deutschen Nationalbibliografie; detaillierte bibliografische Daten sind im Internet über www.dnb.de abrufbar.

Der Fontis-Verlag wird von 2021 bis 2024 vom Schweizer Bundesamt für Kultur unterstützt.

Umschlag-Gestaltung: René Graf, Fontis
Kunstdrucke Umschlag und Inhalt:
Viviane Herzog, www.vivianeherzog.com
Gestaltung und Buchsatz:
nice — Visuelle Gestalterei, www.nice-design.ch
Druck: Finidr
Gedruckt in der Tschechischen Republik

ISBN 978-3-03848-289-5